KB003610

고맙다

황금알 시인선 122

고맙다

초판발행일 | 2015년 12월 24일

지은이 | 김기화
펴낸곳 | 도서출판 황금알
펴낸이 | 金永馥
선정위원 | 김영승 · 마종기 · 유안진 · 이수익
주 간 | 김영탁
편집실장 | 조경숙
표지디자인 | 칼라박스
주소 | 03088 서울시 종로구 이화장2길 29-3, 104호(동숭동, 청기와빌라2차)
물류센타(직송 · 반품) | 100-272 서울시 중구 필동2가 124-6 1F
전 화 | 02)2275-9171
팩 스 | 02)2275-9172
이메일 | tibet21@hanmail.net
홈페이지 | http://goldegg21.com
출판등록 | 2003년 03월 26일(제300-2003-230호)

값은 뒤표지에 있습니다.

ISBN 979-11-86547-24-3-03810

*이 책은 전라북도 문화예술진흥기금 일부를 지원받아 발간하였습니다.
*이 도서의 국립중앙도서관 출판예정도서목록(CIP)은 서지정보유통지원시스템 홈페이지(http://seoji.nl.go.kr)와 국가자료공동목록시스템(http://www.nl.go.kr/kolisnet)에서 이용하실 수 있습니다.(CIP제어번호: CIP2015034095)

고맙다

김기화 시집

황금알

| 시인의 말 |

나의 시

설레는 가슴에서

뚝, 떼어 던진

이름표 하나

번지 없는

거리에서 부서지는

내 영혼의 파편들

차 례

1부 봄날의 향연

2부 새들의 길

3부 고향길

4부 강물은 흐르고

5부 나를 찾아서

1부

봄날의 향연

그물

걸리지 않는 게
아무것도 없네

구름 저편
번쩍이는 천둥소리

사탑처럼 기울어진
아내의 신음

소금기로 얼룩진
자식들의 눈빛

설악의 밤하늘을
휘돌아나가는
봉정암 스님 목탁소리.

가을 강

산골짜기 사이로
강물이 흐르네

제소리도
듣지 못하고

제 빈손도
보지 못한 채 어디로 가는가

이 풍진 세상에
나룻배 매어두고

어디로 흘러 굽이쳐 가는가.

가을의 여백 1
— 봉정암에서

설악산이 마음을 비우려는 듯
온종일 목탁을 두드리며
활활 타오르네

봉정암 하늘 청자 빛 캔버스에
토끼랑 노루랑
순한 짐승들이 풀을 뜯고

목동은 풀밭에 누워
피리를 부네

용아장성 버텨 잡고
아름드리로 솟아 있는 금강송

지난여름 내내
먹구름 속에 천둥을 삼켜가며
쓰러질 듯 쓰러질 듯
그렇게 허공에 대고 붓질을 해댄 것인가.

가을의 여백 2
— 도당산 숲길에서

도토리 토닥토닥 떨어지는 도당산* 숲길
서편 새벽달이 놀다가 간
나무벤치에 앉아 쉬네

아름드리 굴참나무 가지 사이로
푸른 하늘을 밀어 올리는 흰 구름

한 송이 두 송이 세 송이………

산새들은 숲 속에서
포록포록 숨바꼭질하고

가을 쑥국새는
능선 저 너머에서

쑥국 쑥국 쑥국
온 산을 울긋불긋 물들이고 있네.

* 도당산 : 전주시 인후 2동에 있는 공원

비 오는 날, 오후

비 오는 날, 오후
덕진연못* 연화정에 앉아

갓 피어나는
연꽃 소리를 듣네

처녀 젖가슴 몽실몽실
부풀어 오르는 소리이다가

마음과 마음으로 이어지는
염화미소의 소리이다가

굵은 빗줄기로 연탁을 치다가
고요한 소리로 다라니를 외우다가

온몸 기울여
비우고 비우는 연잎

* 덕진연못 : 전주시 덕진구 덕진공원 안에 있는 연못. 전주 8경의 하나

봄, 봄

먼 산에서
철 이른 뻐꾹새가
뻐꾹뻐꾹 나팔을 불어대네

지난 해 겨울 칼바람 끝에
죽은 듯이 잠들었던 꽃봉오리들이
여기저기서 펑펑 터지네

봄 햇살이
출석부를 들고나와
꽃을 점호하네.

동백꽃, 저요!
매화꽃, 저요!
목련꽃, 저요!
산수유 꽃, 개나리꽃, 벚꽃, 복사꽃, 능금 꽃
저요! 저요! 저요! 저요! 저요!

오, 눈부신 산하!

섬진강 나들이

꽃향기 자욱한
섬진강 오백 리 길

꽃은 나더러
강물이 되라 하고

산새는 나더러
청산이 되라 하고

바람은 나더러
흰 구름 되라 하네.

들창으로

조금 부끄러워
얼굴 빨개지는 일이야
시간이 지나가면 지워지겠지마는
당신에게 미안한 마음
한가위 보름달처럼 밝게 떠오르니
아예 눈 감을 수밖에.

봄바람

과년한 아가씨 옷고름 풀어놓고
이 마을 저 마을에 염문을 퍼트린다

어젯밤에는 선운사 동백꽃 아가씨가
치마끈이 풀린 채
선혈 낭자하게 귀띔하더니

오늘 아침에는
화엄사 각황전 마당에
홍매화 아가씨가 엷은 속살을 드러낸 채
신열이 나서 온몸이 펄펄 끓고

대웅전 부처님도 흘끔흘끔
문밖을 곁눈질하기에 바쁘다 한다

밤이면 밤마다 야심한 절간에서
해괴한 사달이 벌어지고 있는 게 분명하다.

백목련

갓 부화한
흰 오리 새끼들이

파란 하늘에서
폴짝폴짝 뛰어내린다

이른 아침부터 온종일
우리 학교 꿈나무들을 졸졸 따라다니며

꽥 꽥 꽥 꽥
교정이 시끌벅적하다

꿈나무들이 썰물처럼 빠져나간
교정을 되똥거리다가

꽥 꽥 꽥 꽥
나의 퇴근길을 따라나선다.

풀꽃

쓰디쓴 세상
밟히고 밟히면서 꽃피운 풀꽃

네가 천하일색으로 소문난 양귀비꽃이었거나
부처님 마음을 빼앗은 연꽃이었거나
내 마음 사로잡는 난 꽃이었다면

내 어찌 네 이름을 몰라
오늘처럼 부끄러우리

물어보나 마나
그 많은 사람 속에
너 역시 나 모를 건 뻔한 일

본래부터 척박한 땅에 태어나서
햇살 한 줌, 물 한 모금에
감격하는 마음이나

낮은 곳에서.

낮은 하늘 아래
낮은 목소리로 살아가는

너나, 나나 산다는 게
초록은 동색

인제 우리 사무치는 그리움으로
섭섭하지 말자.

커피숍 창가에

셋째 며느리가 디자인한
빨강 그러데이션 티셔츠

설핏설핏 망설이다가
하늘색 양복에 받쳐 입고
길을 나섰네

장미꽃 스카프로
어깨 감싼 여류 시인
어머나! 벌 나비 날겠어요

양지바른 커피숍 창가에
호젓이 커피 향기에 젖고 싶은 날.

2부

새들의 길

깨라

도공이 도자기를 깨는 일은
저 스스로 불가마가 되려는 일

너도
네 길에서

너 다운
네가 되려거든

네 주먹으로
네 껍데기를 깨고
네 틀을 깨는 일

꽃눈이 꽃봉오리를 터트리듯
네 멍울을 터트려야 네 빛을 볼 수 있나니

도공이 도자기를 깨듯
술꾼이 술독을 깨부숴버리듯

너도
너답게
너를 깨는 일.

낯설게

그대들이 아무리 부르튼 입술을 비틀어보아라
어차피 삿대질 한번 못하고 살아가는
나는 성내지 않으리라

청춘, 명예, 돈
그대들은 이미 낯익어 시시한 것
시시하여 나의 사정거리에서 멀어진 것들

애초부터 삶은 낯선 것
낯선 것은 새롭나니
낯설게 살자

낯선 글을 읽고
낯선 글을 쓰고
낯선 사랑을 하고
낯선 노래를 부르면서.

시험

인생은 시험이다
한평생 치러야 할 시험이다

세상은 시험지이다
한평생 풀어야 할 시험지이다

말 한마디
땀 한 방울까지

시험은 입에 쓴 내가 나더라도
그만한 가치가 있는
인생행로의 열쇠

솟을대문 열쇠를 받아들든
쪽문 열쇠를 받아들든
제 각각 제 인생 시험 성적의 결실이다.

표지판

하늘을 나는 새들에도 길이 있고
산에 사는 짐승들도 길이 있다

혹, 네가 네 길에서
네 꿈을 이루지 못한다 해도

먼 훗날 제 꿈을 이룬 사람들이
우러러 따르는 길을 닦아라

깊은 강에 부딪혀도 길은 있고
높은 산에 부딪혀도 길은 있다

길은 아무 때나 기다려주지 않는다
길은 스스로 찾는 사람에게 문이 열린다.

물과 모래

물은 제 몸을 낮춰
서로 붙들고 껴안으며
낮은 곳으로 흘러간다

바위를 만나면 굽이쳐 돌아가고
갈대숲을 만나면 헤쳐나가
내를 이루고 강을 이룬다

사막의 모래알은 바람에
흩어짐이 아니라
끈끈한 어울림으로
언덕을 이루고 산을 이룬다

그렇게 물과 모래는
제 몸을 낮추고 붙들면서

하나가 되는
어울림의 표상이더라.

길가에서 1

하룻길을 걸어가네
길가에서 바람에 흔들리는 풀잎을 보네

요트 날개 같은 나뭇잎을 밀고 가는 개미를 보네
제 몸보다 큰 쇠똥구슬을 굴리고 가는 쇠똥구리를 보네

거미줄에 걸려들어 파닥거리는 잠자리를 보네
죄 없는 잠자리를 포박하는 거미도 보네

가을바람이 내 귀에 대고
가만히 묻고 지나가네

세상이 고통 아닌 곳이 없어
추를 매단 것처럼 무겁네

한 발 위에서는 보이지 않던 것들이
한 발 아래에서 보니 더욱 잘 보이네.

길가에서 2

길을 걸어가며 소리를 듣네
귀 기울여 소리를 듣네

어미 새 소리도 듣고
아기 새 소리도 듣고

방실거리는 꽃 소리도 듣고
끙끙거리는 꽃 소리도 듣네

졸졸거리는 시냇물 소리
묵묵히 굽이치는 강물 소리

갯바위에 다닥다닥한 따개비
맨몸으로 맨바닥을 밀고 가는 달팽이

한 발 앞에서 들리지 않던 소리가
한 발 뒤에서 들으니 더욱 잘 들리네.

메아리

두 손발이 있어 수레를 끌 수 있고
두 귀가 있어 소리를 들을 수 있고
두 눈이 있어 별을 볼 수 있고
코가 있어 향기에 취할 수 있고
입이 있어 말을 할 수 있는

그대, 이 모든 것은 누군가가
간절히 기도하는 소원

누군가의 소원을 이룬
그대가 햇볕을 등진다면
그대는 그대가 쌓은 높은 장벽에
눈멀고 귀멀었기 때문이리

그대여! 메아리가 울린다
반달곰이 동면에서 깨어 일어나듯이
그대도 홀연히 어둠을 사르고 깨어 일어나라.

나의 젊은 날

나는 어제까지도 그제와 어제가
오늘보다 젊은 날이었음을
미처 몰랐습니다

오늘이 내일보다
더 젊은 날임을
이제야 비로소 압니다

그러나 나는
내일이 모레보다 더
젊은 날임은 알 수 없습니다

그러므로 오늘은 내가
내 인생에서 가장 멋스럽게
살아야 할 나의 젊은 날입니다.

객장

빌딩 숲 속
전광판 깜박이는 도깨비시장에 가면
한몫 든든하게 잡을 수 있다고
친구가 귀띔하였습니다

지갑 털고, 송아지 팔고
쓰러져가는 기둥뿌리까지 뽑아 따라나섰다가
몇 해 전에 옷만 홀랑 벗고 나왔습니다

그 뒤로 친구도 알몸으로 쫓겨나와
한동안 길을 잃고 헤매다가
싸르륵싸르륵 풀벌레 우는 밤
어디론가 천리만리 떠나간 뒤
그 길로 소식이 감감합니다

삶을 짊어진 어깨가 피 멍울지고
천둥을 먹은 심장이 재가 되고 나서야
야단법석을 떨며 살아가는 난장 속이
객장이라는 것을 나는 뒤늦게 알았습니다.

모순

곰 두 마리가
차를 몰아 도로를 달리네

젊은 곰은 쭉쭉 뻗은 고속도로를
신형차로 힘차게 내달리면서
속도가 느리다고 자꾸만
가속페달을 밟아 대고

늙은 곰은 구불구불한 신작로를
중고차로 탈탈거리면서
속도가 빠르다고 자꾸만
브레이크를 밟아 대네

그러나 인고의 해산이 끝난 들판에
철 지난 옷자락을 펄럭이고 있는 허수아비야
바람 불면 춤추는 일 말고 무엇이 다르겠는가.

헛꿈

몇 밤을 새우며
말하고 싶은 게 있어도
차마 말 못하는

어둠을 머금은 나뭇가지에 앉아 하늘의 별을 꿈꾸는 파랑새처럼, 아스팔트 길에서 찌그러졌어도 다시 일어나 운동장을 굴러가려는 굴렁쇠처럼, 하늘의 별을 따겠다고 해마다 키를 키우며 손을 뻗쳐나가는 남산 위 낙락장송처럼, 흩날리는 매화꽃 감싸 쥐고 울며 이별하고, 이별하지 않았다고 밤마다 사랑을 꿈꾸던 매창梅窓*처럼

어제도 오늘도 아니 내일까지도
이룰 수 없다는 것을 알면서
이룰 수 있다고 꿈을 꾸는

깃대 끝에 펄럭이는
흰 구름 위 천둥소리 같은.

* 매창梅窓 : 조선 중기 부안 기생이며 여류 시인

잔을 비우자

그 잔이
술잔이라도 좋고
찻잔이라도 좋다

그 잔이
세월의 잔이어도 좋고
영혼의 잔이면 더 좋다

빈 잔은 비어 있어 넉넉하고
빈 잔은 비어 있어 자유롭다

잔을 비우자.

갯바위에 서서

제주시 서해안로 외진 여인숙에서
밤새 뒤척이다가 새벽같이
시 한 수 잡으려고 갯바위에 나와 섰네

검푸른 바다, 시는 밀려오지 아니하고
오름 능선 같은 성난 파도만
애꿎은 갯바위를 깨부술 듯
겹겹이 밀려오네

어디선가 갈매기 한 마리 날아와
내 귀에 전하는 말

제주도 귀양 객
추사 김정희 선생 전갈이니
헛된 꿈 그만 접고 돌아가라 재촉하네

나는 가슴 설레는 시 한 수 잡기는커녕
동지섣달에 아우성치는 파도 소리에 귀먹고
날 선 칼바람에 손만 베인 채 빈손으로 돌아섰네.

3부

고향길

고향이 어디냐 물으시면

고향이
어디냐 물으시면
내 고향은
어머니라고 대답하겠습니다

그래도 다시 고향이
어디냐 물으시면
그래도 다시 내 고향은
어머니라고 대답하겠습니다

그래도 또다시 고향이
어디냐 물으시면
그래도 또다시 내 고향은
어머니라고 대답하겠습니다

끝내, 고향이
어디야 물으시면
끝내, 내 고향은
어머니라고 대답하겠습니다

가시고기 같은 사랑으로 사신 어머니
복사꽃 필 무렵 봄 햇살처럼 포근하던
어머니 품이 내 고향이기 때문입니다.

산 너머 고향길

집안산자락 밭머리 외딴 주막집을 지나
수리덤 골짝이로 올라채면 금남정맥 산등성이로
먼동이 터 오르는 황새목재

동당 양지뜸을 지나고 개락골을 지나서
웃대우 골짜기 된비알을 올라채면
형수 시집올 때 꽃신 신고
걸어 넘어온 심배낭재

할아버지 등에 업혀 나섰던
뒤꼍 오솔길을 지나서
낙타 등 같은 산 너머로
사발통문 넘나들던 장구목재

6 · 25동란 때 피난 보따리
숨죽이며 기어오른
지는 해도 숨이 차서
얼굴 붉어지는 한적골재

첫닭이 홰치면
곳감 짐 짊어지고
전주 남부시장 60리 길을 나선 아버지
굽이굽이 첫눈 발자국을 내며 넘던 밤팃재

눈 감으면
활동사진처럼 떠오르는
물레방앗간 처마 끝으로
필통 딸그락거리며 오가던

거기
산머리가 손에 잡힐 것만 같은
내 고향 꾀꼬리 동네 황조리黃鳥里* 있어.

* 황조리 : 전국 옛 8대 오지 완주군 동상면 자연부락

상쇠잡이

아버지는 상쇠잡이였다
금남정맥 등줄기 후줄근한 황새목재 아래
풀 향기 자욱한 황조리에서

깨갱 깨갱 깽 매 깽

아침에 일어나 기지개 켜면
산머리가 손에 잡힐 듯한 산골에서
아버지는 상쇠잡이였다

깨갱 깨갱 깽 매 깽

다랑이 논밭뙈기로 자서전을 엮으며
종달새 날던 보릿고개에서
아버지는 상쇠잡이였다

깨갱 깨갱 깽 매 깽

인제는 묵 향 자욱한 극락에서

발뒤축 들썩이며 눈물 나는 상쇠잡이로 춤추실
아버지

깨갱 깨갱 깽 매 깽 깨갱 깨갱 깽 매 깽………

어머니

멀리 산 아래
비탈진 콩밭에서 김을 매던

어머니는
한 폭의 수채화였다

마루에 책보를 던져놓고
달려가 보면

어머니는
쉰내 풍기는 땀 바가지였다.

어머니의 손

뒤안길 장독대에
정화수 떠놓고

연신 허리를 굽혀가며 두 손으로
달빛을 둥글게 비벼 내렸다

굽은 허리 펴지 못할 때쯤
무뎌진 어머니 손

독방에서 홀로
퍼렇게 녹이 슬었다.

아내는 막켕이다

오솔길을 걷자 하면
공원에 가서 유산소를 마시잔다

산으로 가자 하면 강으로
오른 길로 가자 하면
왼 길로 앞장선다

배짱이다
아내는 막켕이다
언제부턴가 늘 그렇다

낮이나 밤이나 내 벗은 수석과 난초
아내는 내 벗들에게도 질투는커녕 관심을 껐다

오로지 아침, 점심 뒤에 내주는 커피 한 잔
점심, 저녁상에 오르는 반주 한 잔
내가 외출할 때 입고 나서는
입성에만 마음 쓸 뿐이다

희한하다

그렇게 배짱 좋은 아내
어쩌다가 끄덕끄덕 맞장구치면
꿀꺽꿀꺽 감격을 받아먹는 아내

나는 이제 노을 진 하늘
그 아내를 든든한 배경으로 살아간다.

고맙다

눈물 많은 아내 곁에 있어 고맙고
슬하에 심지 깊은 자식들이 고맙고
초롱초롱한 손주들이 고맙다

흐르는 물소리 바람 소리가 고맙고
들창 너머로 스며드는
햇살도 고맙다

허물 많은 여정에서
풀잎, 풀잎, 꽃잎, 꽃잎
저 아름다운 것들을 마음껏 부를 수 있는
오늘이 있어 고맙고 또 고맙다.

그러면 됐지

자식들에게 해주고 싶은 게 많아도
아무것도 해줄 수 없는 삶이지만

앉아 있거나 누워 있거나
허물없이 눈 맞춰주는
난초와 수석이 있고
끼니마다 반주 곁들여
다순 밥 챙겨주고
차茶 내주는
아내가 곁에 있으면 됐지

별빛 쏟아지는 창가에서
밤마다 좋은 꿈꾸고

아침 일찍 일어나 물소리 새소리 들으며
향기로운 햇살을 즐기면 됐지.

이사 전날

이사 날짜가 잡히자 아내는 며칠 전부터 커튼과 홑이불, 베갯잇, 소파 덮개까지 차례로 빨아 널었다

이제 이 한밤을 새면 26년이나 허파에 풀무질하며 금강계단金剛戒壇처럼 오르내린 이 아파트 70계단 꼭대기 집에서 이사한다

아내는 주방에 앉아 무엇이 또, 그리도 아까운지 밤이 이슥하도록 달그락 달그락 삶의 먼지를 털어가며 남루를 돌돌 말아 싼다

나는 고요가 쌓인 서실에서 팔을 괴고 앉아 긴 강둑을 해찰하며 걸어온, 때 묻은 날들을 북창 너머 먼 별빛에 헹궈낸다

깊은 밤, 잠자리에 누워 합천, 순창, 고창, 김제, 전주까지 걸어온 길 마디마디 손가락을 꼽아보는 아내의 젖은 눈빛이 자정을 넘어가는 괘종소리에 걸린다.

딸이 있다면

연꽃같이 아름다울 거야
아니야 연꽃보다 더 아름다울 거야

난초같이 향기로울 거야
아니야 난초보다 더 향기로울 거야

틀림없이 나 닮았을 거야
아니야 이쁜 지 엄마 빼닮았을 거야.

괜찮다

이빨이 시큰거려 치과에 갔다
차거나 뜨거운 물 한 모금 마실 수 없고
손자 민재가 잘 먹는 삼겹살 한 점
깨물 수도 없다고 하소연했다

코를 싸맨 젊은 의사가
내 한 생애를 먹여 살린
이빨을 빤히 들여다보다가
말없이 쇠꼬챙이로 득득 긁고
망치로 툭툭 치고 드릴로 구멍을 뚫는다

살아온 날들이 송두리째 문드러지면서
부모님 생각이 울컥 치밀었다

나도 나이 들어 늙으면
이가 없으면 잇몸으로 한 생을
그렇게 오물거릴 것으로만 알았다

눈 내리는 밤

틀니 한 벌 해드리지 못한 죄
뼛속 깊이 시리게 매를 맞으며 거닌다

"괜찮다" "괜찮다"
호젓이 들려오는 소리에 목이 멘다.

아침의 소리

"자박자박"
대를 이어준 맏며느리가 신발 끈 조여 매고
칠흑 같은 3층 계단을 밟으며
내려가는 바람 끝이 차다

"다르륵"
가냘픈 어깨 위로 현대어울림주유소
새벽을 번쩍 들어 올린다

"달그락달그락"
호젓이, 사탑 같은 아내가 주방에서
고요한 새벽을 요리한다

"아버지! 진지 잡수세요?
할아버지! 할머니! 안녕히 주무셨어요?"
장남, 손자, 손녀가 밥상에 앉는다

"잘 먹었습니다 잘 먹었습니다"
손자 손녀가 밥상에서 일어선다

"아버님! 잘 주무셨어요?"
제 남편과 아침 시간을 교대한
며느리가 조간신문을 건네준다

"잘 다녀오겠습니다 잘 다녀오겠습니다"
손자 손녀가 새벽같이 등굣길에 나선다

"차 들어요?"
아내가 따끈따끈한 커피를 건네준다

아침 햇살에 파릇파릇한 행복의 소리
가슴 뿌듯이 아름 안는다.

누님

–어디 아퍼?
–밥은 잘 먹어?
어릴 때부터 들어오던 정다운 누님 목소리

한파가 몰아쳐 전국을 꽁꽁 얼리고 있으니
노약자들은 바깥출입을 삼가라는
일기예보를 보는데 또

–용약 한 제 다려다 놨어
–빨리 와 입맛 찾아야 혀

무심코 밥알이 모래알갱이 같다는
말 한마디가 보약이 한 제였네

자상하고 정 많은 남편과 사별한 채
금쪽같은 자식 육 남매를 홀로 키워
짝지어 둥지 떠나보내고
인제는 홀로 외로운 누님

외롭지만 외로운 줄 모르고
가난하지만 가난한 줄 모르며
주일마다 교회 찾아
하느님께 꽃 바치고 기도하며
주님 사랑으로 살아가는 권사 누님

모래내시장 응달진 골목 한켠
맨바닥에 푸성귀 몇 접시 벌려놓고
바람 목에서 바람 독이 올라
얼굴 퉁퉁 부은 누님

어쩌다가 한 번씩 찾아가면 반가워
고향집에 걸려 있는 호미처럼
굽은 허리 받쳐 들고
스티로폼 의자에서
일어서는 누님

–내 동생이여
–인물 좋지?

—이 사람이 대통령해야 할 사람이여
골목 노점 상인들에게
못난 동생 자랑에 신바람 나는 누님

검정 비닐봉지에
내 무심한 눈물까지
꾹꾹 눌러 담아 손에 쥐여주는 내 둘째 누님.

4부

강물은 흐르고

도토리를 줍다

내 쌈 터 황조리 뒷동산
젖가슴에서 도토리를 줍네

가시덤불 속에서
맹감나무 가시 침도 맞고
고자배기 등걸과 데굴데굴 구르며

점심도 거르면서
주운 도토리는 서너 됫박쯤
허리만 천근만근 무겁네

도토리 배낭을 베고 누웠네
나뭇가지 사이로 흰 구름 떠가네

그 옛날 풀피리 소년처럼 가슴이 뛰네.

수석 1
— 천년송

아으!
저기 기암괴석에
노송 한 그루 퉁소를 불고 있네

백학 한 쌍 둥지 튼
솔바람 소리
꿈인 듯 푸르네

운무 휘감은 산허리엔
옥돌을 깨뜨릴 듯
천길 폭포 쏟아지네

아가야~ 누가 날 찾거든
학이랑 소나무랑 천 년 벗 삼아
구름 속에 노닐고 있다고 일러 주어라.

수석 2

— 대왕비大王碑

해묵었던 수석 바람이 도져
배낭 하나 짊어지고 내 고장 명석 산지
전주천을 찾아 나섰네

죽림* 냇가를 어슬렁거리며
이미 바닥이 난 돌밭을 샅샅이 뒤지다가
이름 모를 실개천으로 빠져들었네

수석인의 손 탄 흔적이 없어
고스란히 처녀성을 지니고 있는 냇가
왠지 가슴이 설레네

반달곰이 가재를 잡듯 오석마다
앞태도 보고 뒤태도 보고
들고 보고 놓고 보고
그러면 그렇지

야!
대왕비大王碑!

반듯하게 자로 잰 듯한 전주천 고유의 오석
가로 12, 세로 5, 높이 60㎝
호젓이 억년 세월을 삭이며
봄볕에 졸고 있네

수 수십 년을 고대하던 일생일석
눈이 부셔 바로 바라볼 수가 없네.
두 근 반, 서 근 반 가슴이 마구 뛰네

덥석 보듬고 이리저리 뒹굴다가
와~ 와~ 감탄사를 연발하다가
양지바른 곳에 세워 모시고 경배를 올렸네

거북좌대에 받혀 높이 모시니
경전처럼 거룩한 말씀이 줄줄이 쏟아져 내리네.

* 죽림 : 완주군 상관면 자연부락이며 전주천은 전국에서 유명한 오석 명산지임

6월이 오면

청보리 익어가는
6월이 오면 총을 메고 싶다
흰머리 날리며 북으로 북으로 진군하고 싶다

휴전선 골짜기 비목이 쓰고 있는
구멍 난 철모 쓰고
「전우야 잘 자라」 행군가 부르며

녹슨 철조망 넘어서
산 넘고 강을 건너, 밀물처럼
자유의 물결을 몰아가고 싶다

압록강에 다다라서
강가에 걸터앉아 부르튼 발을 씻고
눈물 젖은 두만강 물에
포연에 그을린 손도 씻고

백두산에 올라
천지연 푸른 물 들이켜며

한세상 목이 타던
조국 통일의 갈증을 풀고 싶다

하늘 높이 깃발 휘날리며
멀리 광활한 만주벌 굽어보며
천둥처럼 조국의 만세를 외치고 싶다

어깨 들썩이며 한바탕 너울너울 춤추고 싶다.

미당시문학관에서

미당은
녹슨 청동의 얼굴로

미당시문학 현관에
앉아 있었습니다

병든 수캐마냥 헐떡거리며
홀연히 반겼습니다

가을 햇살에 맑게 씻은
당신의 눈물로

잔디밭에 송이송이
이슬 꽃 피워 놓고

날 보고 배시시 웃으며
내 가난한 시의 영혼을
두 손으로 맑게 씻어 감싸 안았습니다.

덕혜옹주 비석 앞에서

만송원萬松院* 양지바른 곳
덕혜옹주 결혼봉축기념비가 외롭다

옹주님이여!

파란만장한 당신의 삶은 어찌하고
멀리 이곳에 와 모서리도
다듬지 않은 비석으로 서서
외롭습니까?

당신 앞에 하늘하늘
꽃밭을 나는 나비는 보십니까?
황심수 노랗게 수놓은 산천은 보십니까?

옷깃 여며 묵념 올리고
발길 머뭇거리는 나의
애달픈 마음은 또, 보십니까?

너무 어처구니없는 패망의 역사 앞에서
당신을 기리다가 돌아서는 발길이 무겁습니다.

* 만송원萬松院 : 대마도 이즈하라시에 있는 대마도 번주 종가의 묘역

세상은 주막

봄바람 주막은 꽃피는 산하
흥타령 주막은 노들강변
한겨울 주막은 포장마차
세상은 온통 주막인 거야

빈손으로 왔다가
빈손으로 떠나가는
인생은 너도나도 주막집 주객

온종일 손발 부르튼 사람도
하릴없어 빈둥거리는 사람도
실속 없이 껄껄거리는 사람도

술독 익어가는 거리 주막에 들러
주모의 걸출한 육자배기 가락에
막걸리 한 바가지 벌컥벌컥 들이켜 봐

바람 잘 날 없는 세상살이도
기쁘면 기쁜 대로

슬프면 슬픈 대로
살맛이 날 거야

세상은 정겨운 주막거리
인생은 흥겨운 주막집 주객.

어떤 관계

저녁노을이 어슬렁거리는 거리에서
우연히 당신을 만났으나 나는
당신을 만나지 않았습니다

당신과 나는 가끔
가무도 없는 술잔에 취했으나
취하지 않았습니다

비바람 몰아치는 거리에서
당신의 우정이 뜨거웠으나
그 또한 뜨겁지 않았습니다

나는 당신의 우정 속으로
정신없이 빨려들었으나
그것마저 빨려들지 않았습니다

나는 이제 당신을 되돌아보는
아픔도 아프지 않으렵니다

나는 애초부터
당신의 불같은 우정보다
내 이름을 더 사랑하기 때문입니다.

첫차를 타는 노인들

말도
표정도
새벽바람에 얼어붙었다

등 굽은 매화나무가
찬 눈 속에 뜨거운 혀를 밀어 올려
꽃 피우듯이

춥고 허기져도
뜨거운 사랑으로
키워 내던 자식이 있어

희망을 안고 절망을 몰아내며
살아온 자식이 있어
살맛 나던 노인들

그러나 이제는 소식 끊긴
그 사랑의 자식이 있어 한숨지으며

새벽을 달리는 첫 시내버스를 잡아타고
굳은살 박인 빈손으로 긴 생의 그림자를 끌고 간다.

교신

마디마디 틀어지고 굼벵이가 파먹은 고목
민들레 홀씨처럼 산지사방으로
흩어져 살고 있는 옛 친구 찾아
무뎌진 촉수 세워 교신한다

좋은 터전 잡아 뿌리는 내렸느냐고
휘몰아치던 바람은 멈췄느냐고
예쁜 새끼들은 자주 날아들어 조잘대느냐고

이곳저곳 변방으로 떠돌다가
지금은 어지간하게 자리 잡았노라고
웬만한 바람쯤이야 견뎌낼 만하다고
이제는 새끼들이 찾아들어 조잘대는
재미 말고 또, 뭐가 있겠느냐고

오랜만에 주고받는 안부마저 바닥나고
그동안 얼마나 고목 졌느냐고
나도 자네만큼 고목 졌노라고
고목이 더 고절하고 멋스럽지 않더냐고.

해거름에 왜망실*에 가다

언제나 정이 많아 눈물 글렁이고 동암東巖*의 기를 팍팍 꺾어야 신명 나는 위천爲天* 형, 위세를 멀리하고 친소를 구별하지 않는 선비 남운楠耘* 형과 함께 지금까지 전주에 살며 저만치 한 발 비켜나서 마음에 두고 지내온 왜망실을 찾아가네

기린봉 산 그림자를 새김질하는 아중호반을 굽이돌며 찾아가는 왜망실 나들잇길이 철없이 즐겁네. 왜적이 대패한 곳이라 하여 '왜망실'이라거나 왜병들이 숨어들어 산막을 치고 살던 산골이라 하여 '왜막실'이라거나 인제 와서 해독할 수 없는 유래 따위는 우리의 우정과는 아무 상관이 없네

빗장도 없는 하늘 문을 닫으려는 듯 산안개는 스멀스멀 산봉우리를 기어오르며 발길을 재촉하는데 내 어린 시절 6.25 난리 통에 피난살이 하던 먹뱅이골을 넘어가는 잿길 어귀에서 가시철조망은 빗장을 가로지르며 우리들의 발길을 돌려세우네

산발치 외딴집 굴뚝 연기가 대밭을 기어오르고
해 저문 냇가에서 어미 소 울음소리가 들려오는 것만 같았네
시간이 멈춘 듯이 옛이야기로 꽃을 피우는 기로耆老의 정이 저녁노을 속에 붉게 쌓이고 있었네.

* 왜망실 : 전주시 우아동에 위치한 동네 이름
* 동암東巖 : 필자의 아호
* 위천爲天 : 이목윤 시인의 아호
* 남운楠耘 : 김남곤 시인의 아호

안유리 춤을 감상하면서

그녀가 턱을 괴고 나무 의자에 앉아 있다
온몸으로 외로움이 스멀스멀 번진다

한 줄기 빛이 쏟아지는 조명 사이로
어항 속 금붕어를 응시한다

발가벗은 감옥 속에
허울 좋은 이름뿐인 금붕어

입을 뻐금거리는 그의 생애가
환청으로 다가와 고막을 찢는다

벌떡 일어난 그녀, 온몸으로
허공에 무수한 절규를 그어댄다

암흑 같은 생애를 비틀고 물어뜯다가
가슴이 터지도록 울부짖는 듯

쾅쾅대는 음악 소리가
무뎌져 가는 나의 영혼을 두드려댄다.

5부

나를 찾아서

가을 편지

부칠 데 없는, 답장도 오지 않을 편지를 쓰네
가을 문턱에 들어서면서부터 날마다 부릅뜬 도끼눈으로 달려드는 이가 있어 나는 여간 마음 쓰이는 게 아니네. 그는 무슨 연유로 이 굼뜬 나의 영혼과 삭신을 쪼아대는지 알 수 없네

어떤 이는 독한 소주에 고춧가루 진하게 타 마시고 한판 결투를 벌이라고 부추기는 사람도 있지만 나는 그와 맞붙어 피 터지게 싸우거나 분노하지 않으려 하네. 설령 난데없는 흙탕물 세례를 받는다 해도 그냥 배시시 웃으려 하네

다만, 나에게 한 가지 소망이 있다면 내 쌈 터 황조리 가을 산빛 한 폭 잘라내어 아내의 고운 손길로 다듬이질하여 큰 북 하나 만들고, 정겨운 뒷동산 산새 소리 한 가닥 뽑아내어 북채 하나 만들어서

세상살랑 모두 잊고 둥둥둥 북을 울리는 일이네
한바탕 아침 햇살을 두드리는 북잽이가 되는 일이네.

허공

위도 없고 아래도 없이
안과 밖도 없이

무거울 것도
기울 것도 없네

매듭도
풀 것도 없네

옹이진 손으로 쥘 것도
놓을 것도 없네

바람에 걸릴 것도
깃발처럼 흔들릴 것도 없네.

워낭 소리

늙은 황소 한 마리
시린 무르팍 오므리고 앉아 있네

이랑을 일구며 살아온 세월
설익은 내 시처럼 되새김질하고 있네

제 한 몸 편안히 뉘일 곳조차 찾지 못하는
저 커다란 눈망울

워낭 소리도 퍼렇게 멍들어
목이 쉬었네.

까치집

굴뚝 연기도 피어오르지 않는
미루나무 꼭대기 삭정이집

어느 음유시인이 거처하기에
타는 노을 저만치 비껴 앉아

구름 한 점 없는 세한의 하늘에
긴 낚싯대를 드리우고 있는 것일까?

심우도 앞에서

시승詩僧 만해萬海 스님은
「실제失題」를 지어 소 등에 올라 앉아
피리 불며 귀가하고

낙승落僧 무산霧山」 스님은
「무산霧山 심우도尋牛圖」 한 폭 그려
마음 밭에 붉은 연꽃 피웠다

무명 시인 명진明眞*은 언제
안갯속에 흰 소를 찾아 코뚜레 잡고
저 건너 묵정밭 한 되지기 갈려나.

* 명진明眞 : 저자의 법명

바람의 목장

문을 닫고 지낼 때는 초인종을 눌러대며
문 좀 열어 달라고 성가시게 하더니

이제는 문을 활짝 열어놓았는데
찾아오는 이가 없네

깊었던 물이 얕아지면
오던 고기도 아니 온다더니

꽃이 진 뒤안길에는
벌 나비마저 날아들지 않네

초인종도 없이 열어놓은 사립짝으로
바람만 제집인 양 양떼처럼 드나들고 있네.

나 어떠합니까

어떤 이는 내게서 봄을 보고 가고
어떤 이는 내게서 가을을 보고 간다고도 하지만

한로, 상강 다 지나고 이제 입동의 계절이니
지금은 청춘조차 기억할 수 없는
인생 꽃까지야 볼 것 없다오

이렇게 사는 것도 다 자기 복인 줄 알라며
나의 기를 팍팍 꺾어놓는 아내와
단둘이 5층 아파트에서 산다오

세상에 내보일 것이라고는
강호의 애석인들이 입맛 짭짭 다시는
피붙이 같은 몇 점의 수석뿐

흑백으로 굽이지는 이 풍진 세상
구멍 난 주머니 하나 달랑 차고
박토 한 뙈기도 없는 강변길을 거닐면서
어쩌다가 시상을 만나기라도 하면
마음 설레며 몸 둘 바를 모르는 사람이라오.

누가 나에게

지난밤을 묻는다면
돌이 되어 겹겹이 쌓인 어둠을
한 장, 한 장 걷어냈노라고 대답하리라

지금을 묻는다면
아내 손길에 차 한 잔 받아 마시며
커피 향에 취했노라고 대답하리라

오늘을 묻는다면
이 풍진세상
부귀영화, 공명도 모두 잊고
산으로 강으로 노닐리라고 대답하리라

내일을 묻는다면
내일의 새날이 찾아오면
한 번쯤 영혼에 날개 달고
삼천대천*을 주유하겠다고 대답하리라

* 삼천대천세계 : 불교의 세계관에서 우주

반상의 무단자

총성 없는 교전 속에
생불여사의 사선을 넘어서고

생명선 딛고 서서 중원을 바라보며
단전에 힘을 모았다

어느 찰나 축에 몰리고
장문, 회돌이의 수렁에 빠져 요석을 잃고

한 수 삐끗하면 절명할 수 있는
절체절명의 위기에서 소생할
천지대패를 걸어놓고도
팻감을 찾지 못하여 땅을 치기도 하였다

풍운이 휘돌아 치는 중원에서
희생의 제물을 바칠 줄 모르고
결투다운 결투 한 번 벌리지 못한 무단자

인제 저만치

기울어진 반상 앞에서

어머니 손때 묻은
실, 바늘, 골무, 가위, 헝겊쪼가리 가지런한 반짇고리
처럼
서럽지만 아름답게 끝내기할 시간

빨간 가을 햇살 스치는
완행열차 창문 겨드랑이 가볍게 끼고
어디론가 떠나고 싶은

파란만장한 반상을 반추하며
잊을 수 없는 사랑을 추억하며………

백지차용증

나는 오늘 날짜로
아내를 보증인으로 내세워 아이들 앞에
갚을 수 없는 백지차용증 한 장을 썼다

아이들 역시
저희 아내를 입회인으로 내세워
이미 내 앞에 받을 수 없는
백지영수증을 썼으리라

이제부터 아이들이 힘겹게 써 준
백지영수증 한 장을 자랑삼으며
삼거리 주막에도 들르고
강변길도 거닐면서
시름없는 한세상 살리라

나는 이제 머지않아서
아이들에게 진 빚값으로
달랑 무덤 하나 유산으로 남겨주고

촛불 앞에 앉아서
아이들의 절을 받으면서
젯메를 먹고 술을 받아 마시고

아이들은 또, 해마다
내 집에 찾아와 음복을 하며
묵은 빚을 받아가듯이 진땀 흘리면서
무성한 풀잎 한 아름씩 두고두고 받아 가리라.

제멋에 겨운 사람

아무도 손 타지 않은 사랑 앞에서
무딘 손으로 애먼 머리칼만
덤덤히 빗질만 하는

엉덩이에 불붙은 무대 앞에서
어깨 한 번 들썩인 적 없는
가엾은 사람

그가 몸과 마음 바쳐
오늘도 자랑스럽게 부르는 노래는
애국가와 국립경찰가뿐

그래도 한 잔 술에 취하면
음정 박자는 엉터리더라도

방랑 시인 김삿갓이나
충청도 아줌마나

옛 노래 한 곡쯤

흥겹게 뽑아 올리다가 까먹고
고장 난 유성기처럼 흥얼거리는 사람.

하늘이 부르시면

머뭇거리지 아니하리라
푸른 구름 타고 올라가리라

수 억만리 하늘로 올라가
하느님이
“어떻게 살았느냐”
물으시면

낮은 땅에서
낮은 지붕 아래
나비처럼 낮게 날며
낙타처럼 타박타박 발품도 팔고
때로는 깔깔거리며 살았노라고 대답하리라

그래도 어떻게 살았느냐 물으시면
도와야 할 이웃이 많았으나 돕지 못하고
되레, 도움을 받으며 살았다고 대답하리라

그래도 다시

등에 한 짐 진 게 무엇이냐 물으시면
한세상 살며 갚지 못하고 지은 빚이라고 대답하리라.

이별

산 너머 산골에서
한세상 흙에 묻혀 살며
호미처럼 허리 구부러진 형수

남편 꽃관 부둥켜안고
"집으로 가야지 왜 산으로 가, 집으로 가야지 왜 산으로 가"
앞산도 통곡하고 뒷산도 통곡하네

"그동안 고생 많았어, 고마웠어, 잘 있어"
저 소리 없는 이별의 소리

상엿소리도 없이
형님은 산으로 올라가네

어쩔거나
이 한 많은 산골
홀로 남아 애처로운 저 이별의 슬픔을.

궁금한 이야기

초원에서 풀을 뜯는
토끼와 노루는 한 터전에 어울리는
평화로운 세상이더라

순한 짐승을 먹이로 살아가는
호랑이와 사자는 제멋대로
제 땅을 그어 놓고
으르렁대는 세상이더라

만물의 영장이라고 우쭐대며
고로쇠나무 골수 빼먹고
곰쓸개 빼 먹고 천륜까지 먹어치우는

인간의 꼬락서니는
천백 번 곤장을 쳐 내던진대도
들개마저도 물어가지 않을 세상이더라.

낙엽의 정서

생각해야 할 생각을 하지 아니하고
말해야 할 말을 하지 아니하고
일해야 할 일을 하지 아니한
단풍잎이 떨어졌다

이곳에

그러나 붉다.

나의 여정

나의 하늘은 아직 날지 않았다
나의 바다도 아직 항해하지 않았다
나의 노래도 아직 부르지 않았다
나의 춤도 아직 추어지지 않았다
나의 시도 아직 쓰이지 않았다
나의 먼 여정도 아직 끝나지 않았다
나의 사랑은 밤하늘에 숨어 있는 별

나는 더 이상 내가 무엇을 해야 할지
알 수 없을 때, 나는 그때 진정으로

나의 높은 하늘을 날고
나의 넓은 바다를 항해하고
나의 아름다운 노래를 부르고
나의 화려한 춤을 추고
불후의 시
빛나는 별을 찾아
나의 사랑을 다시 시작할 것이다.

* 터키의 혁명시인 나짐 히크메트(Nazim Hikmet)「진정한 여행」을 패러디.

■ 해설

김기화의 시세계

— 아직 날지 않은 최고의 날들을 위하여

이언 김동수(시인)

김기화 시인은 전북 완주군 동상면 꾀꼬리 마을이라 불리는 '황조리黃鳥里' 두메산골에서 태어났다. 그래서인지 그의 시에는 산골의 풀 내음과 인간의 순정이 그대로 배어 있다. 평소 수석과 바둑을 즐기며 경찰공무원으로 봉직하다 정년퇴임을 하고 이후에는 불교대학에도 입학하여 수료한 재가 불자이기도 하다.

문학에도 뜻을 두어 5년 전 시집 『산 너머 달빛』을 펴내고 지금도 『온글문학』에서 시 창작에 열중, 최근에는 희수喜壽를 맞이한 한 인간으로서의 감회와 실존 인식 그리고 안심입명에 이르고자 하는 자기 수련과 정진의 세계를 담담하게 그리고 있는 식물성 시인이라 하겠다.

1. 황조리 사당

시는 '고요히 회상된 정서'(워즈워드)라고 한다. 김기화 시인의 시도 어린 시절 '고향의 체험'과 '정서'에서 발원되고 있다. 삶이 혼란스러울 때마다 조용히 기억 속의 고향을 찾아 자아의 정체성identity을 확인하고, 그것을 새롭게 재창조하면서 세계와의 합일을 꿈꾸고 있다. 그러고 보면 그의 시는 체험과 정서의 통합과정 속에서 승화된 새로운 미적 형상화의 세계인 셈이다.

그의 시에는, 어린 시절 6 · 25동란으로 산골에서 숯을 구워 팔며 학교에 다니지 못해 또래들로부터 놀림을 받던 소년시절의 상처와 산비탈 땡볕에서 밭을 매시던 어머니 그리고 농사꾼인 아버지에 대한 추억 등, 크고 작은 지난날의 체험들이 그의 시의 소재가 되고 있다.

멀리 산 아래
비탈진 콩밭에서 김을 매던

어머니는
한 폭의 수채화였다

마루에 책보를 던져놓고
달려가 보면

어머니는
쉰내 풍기는 땀 바가지였다.

–「어머니」 전문

학교에서 돌아온 산골 아이가 어머니를 만나러 산밭으로 달려가는 풍경이 마치 한 편의 축약된 동화를 읽는 것같이 선하다. 그런 어머니와의 추억을 이야기체의 화법에 담아 전하고 있다. 이야기체의 화법은 보다 깊은 정서적 흡인력을 갖는다. 이야기의 표면적 내용이 독자의 관심을 끌고 있는 동안, 그 심층에 흐르고 있는 설화劇적 은유나 상징의 힘이 부지불식간에 시의 본질적 의미를 내면화시켜 주고 있기 때문이다.

김기화 시인의 시는 고향과 모성을 중심으로 전개되고 있다. "고향이/ 어디냐 물으시면/ 내 고향은/ 어머니라고 대답하겠습니다.// 그래도 다시 고향이/ 어디냐 물으시면/ 그래도 다시 내 고향은/ 어머니라고 대답하겠습니다."(「고향이 어디냐 물으시면」)이 그것이다. 고향이 곧 어머니이고 어머니가 곧 그의 시의 터전이다.

뒤안길 장독대에
정화수 떠놓고

연신 허리를 굽혀가며 두 손으로
달빛을 둥글게 비벼 내렸다

굽은 허리 펴지 못할 때쯤
무뎌진 어머니 손

독방에서 홀로
퍼렇게 녹이 슬었다.

—「어머니 손」 전문

시적 완성도가 높은 한 편의 사모곡이다. 많은 시인들은 어머니라는 학교를 통해 세상을 보고 눈을 뜬다. 김기화 시에도 헌신과 희생 그리고 항시 따뜻하고 넉넉했던 어머니의 모습이 함께 자리하고 있다. '어머니'는 그의 삶의 시작이자 도착점이다. 마치 조병화 시인이 '나는 어머니의 심부름으로 이 세상에 나왔다'는 술회처럼 그의 시 곳곳에서 아무리 시간이 흘러도 마음 깊숙한 곳에서 '어머니의 모습'을 잊지 못하고 있다.

6 · 25동란 때 피난 보따리
숨죽이며 기어오른
지는 해도 숨이 차서
얼굴 붉어지는 한적골재

첫닭이 홰치면
곶감 짐 짊어지고
전주 남부시장 60리 길을 나선 아버지
굽이굽이 첫 눈발자국을 내며 넘던 밤팃재

눈 감으면
활동사진처럼 떠오르는

물레방앗간 처마 끝으로
필통 딸그락거리며 오가던

거기
산머리가 손에 잡힐 것만 같은
내 고향 꾀꼬리 동네 황조리黃鳥里 있어.

—「산 너머 고향길」 부분

유년의 시간으로 되돌아가 기억 너머에 웅크리고 있던 지난날, 저 어둡고 무거운 무의식 속에 잠재되어 있던 본래적 자아own nature를 증언하고 있다. 그러기에 고향은 현재를 움직이는 살아있는 역사요 삶의 원동력이 된다.

그런 의미에서 '황조리'는 그의 영혼이 혼곤할 때마다 다시 찾는 그의 사당祠堂이다. 그곳에는 밭을 매던 어머니와 쟁기질하던 아버지 그리고 '꽃신 신고/ 심배낭재를 넘어오던 형수님마저 불러들여' 자신의 정체성을 확인하고 결의를 다지는 제의祭儀의 공간이기도 하다. 그것은 단순한 과거에로의 회귀가 아니라 그리움과 순수가 충만한 현재의 시간이요, 그의 삶이 치유되고 복원되는 재생의 공간이기도 하다.

젊은 날 산골에 갇혀 있다는 생각에 한때는 도망치고 싶었는데 나이가 들면서 다시 그곳이 그립다고 시인은 말한다. 세상에 지친 몸과 마음을 달래주는 고향, 그 깊은 곳에서 고동치는 내면의 소리를 글로 옮긴 것이 그의 문학이라고 한다.

2. 나는 누구인가?

– 참나眞我를 찾아서

자연은 유구悠久한데 인간은 유한有限하다. 그러기에 인간은 불안을 숙명처럼 안고 살아가는 존재다. 그러기에 이런 가운데 '나는 누구인가?'Who Am I라는 물음은 진정한 자아를 발견해 가는 길이기도 하다.

자기의 정체를 찾는다는 것은 자신의 존재와 진정한 가치, 곧 자신의 지향점을 정립하는 것과 같다. 비록 불확실한 존재이지만 자신이 불확실한 존재란 것을 깨닫고 그것을 인정할 때, 우리는 비로소 절대적인 존재 앞에 순수하게 마주할 수 있는 경건한 순간이 될 것이다.

설레는 가슴에서

뚝, 떼어 던진

이름표 하나

번지 없는

거리에서 부서지는

내 영혼의 파편들

—「나의 시」 전문

'부서지는/ 영혼' 그게 바로 '나의 실체'라는 깨달음이다. 통합되지 못하고 분리된, 그리하여 미완된 파편적 존재로서의 인식이다. 이러한 언표言表의 이면에는 영육간의 합일, 부분과 전체가 통합되어가는 전일체全一體에 대한 향수가 함의되어 있다.

인간은 동물들과 달리 자신의 존재를 그대로 향유하지 못한 의식적 존재이기에 분열될 수밖에 없는 존재다. 그러면서도 그러한 존재로서의 자기를 인식할 수 있다는 점에서 인간은 또한 존엄한 존재이기도 하다.

산골짜기 사이로
강물이 흐르네

제소리도
듣지 못하고

제 빈손도
보지 못한 채 어디로 가는가

이 풍진 세상에

나룻배 매어두고

어디로 흘러 굽이쳐 가는가

–「가을 강」 전문

'어디로 가는가' '어디로 흘러 ~가는가' 하고 반문하고 있다. 흘러간다는 것, 그게 무상無常의 세계다. 한순간도 동일한 상태에 머물지 않고 변해간다는 사실에서 영원한 것은 존재하지 않는다는 것이 무상의 진리요 이것이 이 시가 우리에게 주는 법문이다. 하지만 무상하기에 변화가 있고, 변화가 있기에 집착과 슬픔이 병존한다.

인간은 영원히 죽지 않을 것처럼 살다가 제대로 한 번 살아보지도 못하고 죽어가는 한시적 존재이기에 인간은 본질적으로 비극이다. 그러기에 '굽이쳐 흐르는 강, 어디로 흘러가는가'라는 인간 존재에 대한 본원적 질문을 던지면서 자기 수련과 정진의 길을 모색하기에 이른다.

그것도 '가을 강'이다. 장마와 폭우로 거세고 탁해진 여름날의 강도 아니고, 가라앉을 대로 가라앉아 투명해진, 한 해가 기울어 가는 가을 강이다. '인제는 돌아와 거울 앞에선 내 누님'(서정주의 「국화 옆에서」)같이, 정처도 모르고 흘러가는 강물과 자신을 동일시identity하면서 그의 실존이 투영된, 아니 존재의 근원에 대한 탐구이다.

그것은 공허한 허공으로의 진입이 아니라, 흘러가는 존재에 대한 인식을 통해, 나의 집착, 나의 존재를 부정

함으로써 오히려 고통의 굴레에서 벗어날 수 있는 참나眞我의 모색 과정이라 하겠다. '산'과 '강' '세상'과 '나룻배'라는 '영원'과 '찰나'의 비유를 통해 무아無我로의 진입이 그것이다.

그러기에 이 시가 기표記票상으로는 분리 · 파편화된 나를 이야기하고 있는 것 같지만, 그 이면에는 산과 강, 세상과 나룻배의 병치를 통해 이들이 불이不二의 연기적 존재임을 깨쳐가는 법열의 순간이기도 하다.

3. 우주적 자아

여기에서 주체와 객체, 존재와 의식의 분열을 재통합하려는 의지, 곧 파편적 존재에서 우주적 자아를 지향하게 된다. 그것은 이것과 저것의 분화에서 오는 분열과 갈등을 통합해 가는 과정이기도 하다.

도공이 도자기를 깨는 일은
저 스스로 불가마가 되려는 일

너도
네 길에서

너 다운

네가 되려거든

네 주먹으로
네 껍데기를 깨고
네 틀을 깨는 일

–「깨라」 부분

거듭나려는 수련과 정진의 자세다. 그러기 위해서는 결핍의 세계를 자각함과 동시에 그것을 개조하고자 '도공이 도자기를 깨'듯 스스로가 제 '껍데기를 깨고' '제틀을 깨'야만 한다. 그렇게 제 '틀'과 제 '껍데기'를 깨려다 보니, '저 스스로 불가마가 되는' '고통 아닌 곳이 없어/ ~무겁다'고 한다.

하룻길을 걸어가네
길가에서 바람에 흔들리는 풀잎을 보네

(……)

가을바람이 내 귀에 대고
가만히 묻고 지나가네

세상이 고통 아닌 곳이 없어
추를 매단 것처럼 무겁네

한 발 위에서는 보이지 않던 것들이
한 발 아래에서 보니 더욱 잘 보이네.

–「길가에서 1」 부분

'한 발 위에서는 보이지 않던 것들이/ 한 발 아래애서 보니 더욱 잘 보인'다고 한다. 그것은 하심下心과 겸양의 시간이다. 치열한 삶의 감정actual emotion이 보다 차분하게 승화art emotion되어 가는 순간이다. 이는 분열과 소외의 어두운 마음에 새로운 희망과 기쁨을 발견해가는 일이요, 어둡고 무거운 무의식 속에 잠재되어 있던 본래적 자아를 찾아, 보다 안정되고 여유롭게 자신을 변주해 가는 니르바나의 순간이기도 하다. 시인은 이로써 우주적 질서의 품에 안겨 상처 난 마음을 치유해 간다.

위도 없고 아래도 없이
안과 밖도 없이

무거울 것도
기울 것도 없네

매듭도
풀 것도 없네

옹이진 손으로 쥘 것도
놓을 것도 없네

바람에 걸릴 것도
깃발처럼 흔들릴 것도 없네.

―「허공」 전문

비워서 안정된 허공의 세계. 그것은 비어 있어 '걸릴 것도' '흔들릴 것도' 없는 대 자유의 세계다. 비우면 모든 것이 새롭게 변한다. 진공真空 속에 묘유妙有가 들어 있듯, 소아小我의 나를 비워 무한 존재의 공간을 그대로 받아들여 우주적 자아로 거듭나는 순간이다.

나를 비우고 나의 집착을 지울 때 무한한 우주의 에너지가 그대로 내게 흘러들어온다. 이렇게 비울 때 영혼의 소리를 들을 수 있게 된다. 마음을 열어 비워두다 보면 집착이 사라진 공간에서 비로소 우주가 피어나게 된다.

눈물 많은 아내 곁에 있어 고맙고
슬하에 심지 깊은 자식들이 고맙고
초롱초롱한 손주들이 고맙다

흐르는 물소리 바람 소리가 고맙고
들창너머로 스며드는
햇살도 고맙다

―「고맙다」 부분

그래서 모든 게 다 고맙고 고마울 뿐이다. 비울 것 다

비우고 벗을 것 다 벗어버린 겨울나무같이 비로소 자신의 참모습, 진정한 자아를 만나 세상과 하나로 조응된 낙원의 모습이다. 김기화 시인의 시는 이처럼 분주한 삶의 일상 속에서도 마음의 진리, 곧 도道의 길을 찾고 있다. 그것은 어두운 마음의 고통에서 벗어나는 방편의 하나이기에, 그의 시는 처처處處가 불상佛像이요, 물물이 다 공덕 아닌 것이 없는 사사불공事事佛供의 세계가 된다.

자식들에게 해주고 싶은 게 많아도
아무것도 해줄 수 없는 삶이지만

앉아 있거나 누워 있거나
허물없이 눈 맞춰주는
난초와 수석이 있고
끼니마다 반주 곁들여
다순 밥 챙겨주고
차茶 내주는
아내가 곁에 있으면 됐지

별빛 쏟아지는 창가에서
밤마다 좋은 꿈꾸고

아침 일찍 일어나 물소리 새소리 들으며
향기로운 햇살을 즐기면 됐지.

–「그러면 됐지」 전문

아침마다 들려오는 새소리와 물소리를 들으며, 그런 속에서도 '끼니마다 ~/ 다순 밥' '챙겨주는 아내'와 '향기로운 햇살'이 곁에 있음을 감사하고 있다. 혼란 속에서도 참다운 자아의 발견으로 깊어져 가는 시인의 맑은 모습이다.

어떤 대상을 이처럼 담담하게 바라볼 수 있다는 것은 평상심平常心이 먼저 확보되어야 한다. 먼저 평상심을 유지하고 있어야 어떤 대상을 편견 없이 진정한 타자의 시선으로 볼 수 있게 된다. 선과 악, 미와 추, 호好와 불호不好의 대비적 대상을 분별하지 않고 이 모두를 아우르는 안빈낙도의 삶을 즐기고 있는 모습이다.

4. 방임과 정관

시인은 사물을 그대로 두고 바라보는 방임放任과 정관靜觀의 자세를 취하고 있다. 천연天然 그대로 내버려 둠으로써 그대로의 진리를 그대로 바라보는 존재론적 관점이다. 그러기 위해서는 먼저 타자를 하나의 존재 그 자체로 받아들여야 한다. 나를 중심으로 타자를 내 안으로 주체화시키려 들지 않음으로써, 분리와 소외를 극복, 주체와 객체를 각각 그러면서도 하나가 되는 천방天放의 경지가 된다.

도토리 토닥토닥 떨어지는 도당산 숲길
서편 새벽달이 놀다가 간
나무벤치에 앉아 쉬네

아름드리 굴참나무 가지 사이로
푸른 하늘을 밀어 올리는 흰 구름

한 송이 두 송이 세 송이……

산새들은 숲 속에서
포록포록 숨바꼭질하고

가을 쑥국새는
능선 저 너머에서

쑥국 쑥국 쑥국
온 산을 울긋불긋 물들이고 있네.

-「가을의 여백2- 도당산 숲길에서」 전문

사물을 있는 그대로 바라보는, 아니 받아들이는 정관의 자세다. 파란 가을 하늘 가을 공원 빈 의자 위에 흰 구름이 한 점 내려앉는다. 그 위에 나뭇잎도 한 잎 두 잎 내려앉는다. 가을이 머나먼 하늘에서 차가운 물결같이 밀려오는 가을 오후, 구구 쑥국새가 울면서 가을 '산을 울긋불긋 물들이고 있'다.

무념무상 사물을 있는 그대로 방임하면서 자연과 그것을 바라보는 인간이 하나의 풍경을 이루고 있다. 이러한 무위자연 정경교융情景交融의 세계는 인간과 자연이 하나가 되는 세계다. 인간과 자연이 하나가 되는 것이 도道이고, 도는 곧, 미美와 낙樂을 준다는 동양미학의 정수이기도 하다.

꽃향기 자욱한
섬진강 오백 리 길

꽃은 나더러
강물이 되라 하고

산새는 나더러
청산이 되라하고

바람은 나더러
흰 구름 되라 하네.

–「섬진강 나들이」 전문

마치 고려말 나옹선사의 '청산은 나를 보고 ~물같이 바람같이 살다가라 하네'를 연상케 한다. 인생의 나들이에서 강물이 되어 흐르기도 하고 청산이 되고 때로는 구름이 되어 나타났다 사라지는 자연의 질서와 이법을 관觀하면서 우주적 자아, 곧 소요유逍遙遊를 즐기고 있다.

'꽃'과 '청산'과 '구름'을 들어 현상적現象的 법신관法身觀을 입상진의立像盡意의 기법으로 표현한 선시다.

5. 최고의 날들을 위하여

그러면서도 시인은 '나의 노래를 아직 부르지 않았다,'고 고백한다. '나의 시도 아직 쓰이지 않았'고, '나의 먼 여정도 아직 끝나지 않았다'(「나의 여정」)고 연이어 고백한다. 아래의 시 '해야 할 말을 하지 아니한' '단풍잎' 하나 아직 '붉다'에서 '붉다'가 아직 미완된 향연饗宴에 대한 그의 미련未練과 다짐이기도 하다.

생각해야 할 생각을 하지 아니하고
말해야 할 말을 하지 아니하고
일해야 할 일을 하지 아니한
단풍잎이 떨어졌다

이곳에

그러나 붉다.

–「낙엽의 정서」 전문

어쩔 수 없는 한 인간의 속내가 하나의 '단풍잎'을 통해 투사, 그것을 정서적으로 직관하고 있다. 그러기에 실은 '낙엽의 정서'가 아니라 '나의 정서'라고 함이 옳을 게다. '낙엽'과 그것을 바라보는 '시인', 이들은 서로 다른 모습이지만 실은 우주라는 하나의 유기체 속에 담겨 있는 부분들로서, 종국에는 그러한 부분들이 종합되고 통합됨으로써 우리는 비로소 세계에 대한 보다 온전한 통찰에 이르게 된다.

여기에서 김기화 시인의 전일체全一體를 향한 아직도 못다 부른 미완의 향연이 다시 시작되고 있다.

나의 하늘은 아직 날지 않았다
나의 바다도 아직 항해하지 않았다
나의 노래도 아직 부르지 않았다
나의 춤도 아직 추어지지 않았다
나의 시도 아직 쓰이지 않았다
나의 먼 여정도 아직 끝나지 않았다
나의 사랑은 밤하늘에 숨어 있는 별

나는 더 이상 내가 무엇을 해야 할지
알 수 없을 때, 나는 그때 진정으로

나의 높은 하늘을 날고
나의 넓은 바다를 항해하고
나의 아름다운 노래를 부르고
나의 화려한 춤을 추고
불후의 시

빛나는 별을 찾아
나의 사랑을 다시 시작할 것이다.

–「나의 여정」 전문

이 시는 터키의 혁명 시인 나짐 히크메트Nazim Hikmet가 옥중에 쓴 「진정한 여행」이란 시를 패러디한 시다. '진정한 여행'이란 '우리가 무엇을 해야 할지 더 이상 알 수 없을 때, 그때가 진정 무엇인가를 할 수 있는 '진정한 여행의 시작'이라고 그는 말한다.

세월은 흘러갔다. 하지만 김기화 시인에게 있어서의 세월은 아직 흘러가지 않았다. '황조리'에서 시작된 그간의 여행이 '진정한 여행'이 아니었다는 인식을 하고 있기 때문이다. 그러기에 그 또한 나짐 히크메트의 말처럼 '최고의 날들은 아직 살지 않는 날들' 이라는 화두를 앞세워 팔순八旬을 바라보는 이 시점에서 당차게도 선언한다.

'아직 날아 보지 못한, 나의 빛나는 날'들을 찾아 '나의 사랑을 다시 시작할 것이다'라고…… 그가 아직 살지 않은 최고의 날들, 제3시집을 기대해 본다.